MASACRE EN NUEVA YORK

DAVID J. SKINNER

http://www.DavidJSkinner.com

http://rafaelestrada.jimdo.com

ISBN: 978-1499545524

A mi madre

La escena del crimen

El detective cerró la puerta tras de sí, sin girarse. Lo que acababa de ver en aquella habitación hubiera hecho vomitar al más aguerrido agente de la ley y, de hecho, él notó un par de arcadas al contemplar la dantesca escena. Sacó su libreta y anotó un número; un simple número.

Nueve.

Sí, era la novena víctima y, como el resto, la chica tenía los miembros en posiciones imposibles, la cabeza volteada casi hasta la espalda, y una marca grabada sobre su pecho con lo que probablemente había sido un machete. Como las otras. Rezó en silencio por que, en esa ocasión, la joven estuviese muerta antes de que comenzara el suplicio, aunque lo cierto es que lo dudaba. El forense afirmaba categóricamente que, las otras ocho veces, las víctimas estaban vivas mientras sus huesos crujían y se partían; mientras el frío acero hacía brotar la sangre caliente de sus cuerpos. Morían cuando su cuello giraba más de lo que sus columnas soportaban.

El sargento le miró con curiosidad, esperando tal vez una reacción suya más esperpéntica, menos calmada.

–Igual que las otras –dijo Cutfield para sí mismo, en voz alta, mientras se preparaba para encender un cigarrillo–. Si el *hijoputa* ha sido tan cuidadoso como siempre, no encontrarán ni un jodido pelo suyo.

–¡Cutfield!

Se volvió en la dirección de la que venía la voz. Era Jonathan Landers, ayudante del alcalde y viejo conocido suyo desde hacía demasiado tiempo. Landers gesticulaba exageradamente, intentando demostrar lo poco adecuado que resultaba fumar en aquel sitio.

Cutfield, por supuesto, pasó el fósforo por una de las paredes del lugar, haciendo que prendiera. Luego, la acercó a su cigarrillo.

–Habéis sido vosotros quienes me habéis traído –respondió, adelantándose a la inminente bronca del ayudante del alcalde. Dio una amplia calada antes de seguir hablando–. ¿Alguna información más que se te haya olvidado contarme?

–Estamos bien jodidos, Cutfield. Ya hemos sido portada del *Sun*; después de hoy, no me extrañaría que saliéramos en la primera página del *Times* también. ¿Sabes quién era?

Landers señaló hacia la puerta cerrada.

–¿La hija de un reportero? –soltó Cutfield, con una media sonrisa en el rostro. A Landers no le hizo la menor gracia.

–Era la *amiga* del alcalde, gilipollas –le dijo Landers al oído, aunque el detective pensó que, seguramente, todos los presentes estaban al corriente de aquello menos él–. Hylan está de los nervios; si los periódicos se enteran...

–De todas formas, yo no le voté. –Tiró el cigarrillo, aún a medias, y continuó–. Los líos políticos, o los líos de los políticos, no me importan una mierda, Landers. Lo que sí me preocupa es que aparezca otra chica... así.

–Ayer por la tarde tuvo un encuentro con Hylan –comenzó a contar el ayudante–, en un motel de Chinatown. Esa fue la última vez que se la vio con vida. Si yo fuera tú, empezaría por ahí.

–Si yo fuera tú, Landers, tendría menos pelo, más mala leche, e incriminaría al alcalde con mis declaraciones. Tenemos suerte de que yo sea yo, y tú seas tú. Mejor que no vuelvas a decirle a nadie que Hylan fue el último en ver a la chica con vida.

Landers enrojeció, aunque se mantuvo en silencio. El detective, tras una pequeña pausa, se puso a anotar los datos que el otro le iba dando. Al parecer, el nombre de la novena víctima era Christine Stonewell, originaria de Battle Creek, Michigan –sí, donde los cereales–. No quiso saber la edad, ni tampoco salió de Landers el decirlo, aunque estaba claro que no había cumplido los veintiuno.

El nombre del motel no le resultó conocido, a pesar de que Chinatown era una de las zonas que más visitaba de Manhattan. No olvidó apuntar que Hylan dejó la habitación sobre las siete de la tarde, y que Christine se quedó dentro. Si no se tratara del puto alcalde de Nueva York, a esas horas ya estaría entre rejas, pues todos los datos le situaban como principal sospechoso del crimen.

–Si aparece otra chica muerta, me colgarán de las pelotas –dijo Landers, para finalizar–. Y te aseguro que no pienso caer solo.

–Sí, estoy convencido de que Hylan también caerá contigo, Landers. A él, claro, quien le colgará de las pelotas será su mujer cuando se entere de su afición por las jovencitas.

Cutfield se dirigió a la puerta de entrada de la casa, encendiendo un nuevo cigarrillo antes de abandonarla, y sin observar –aunque intuyendo– la cara del ayudante del alcalde.

UN MOTEL EN CHINATOWN

La calle estaba bastante vacía, para ser media tarde. En parte debía ser por el frío, pensó Cutfield. El invierno había tardado en llegar pero, cuando lo hizo, fue más frío que nunca. La larga gabardina verde apenas suponía abrigo ante la embestida invernal que sintió nada más dejar el edificio. Esa noche nevaría, casi seguro, y no tenía ninguna gana de pasarla caminando por Chinatown.

Tenía, sin embargo, menos ganas de que una décima chica terminase sus días entre horribles sufrimientos.

Landers no le caía bien; era un arribista, un trepa de la peor calaña, y ni siquiera por la importante oferta económica que le hizo habría trabajado para él. Excepto por tratarse de ese caso. Aun sin haber tenido relación con ninguna de las víctimas, aquellos crímenes le habían afectado especialmente. Quizá por lo que le ocurrió a su sobrina, aunque ese caso ya se cerró, y el culpable fue... neutralizado. O, tal vez, porque a pesar de ser un cabrón egoísta, Cutfield también tenía corazón.

Fuera cual fuese el motivo, un par de horas después el detective se hallaba frente al motel en cuestión. El edificio no estaba demasiado mal conservado, y la entrada era bastante más elegante de lo habitual en esa zona. Entró despacio, y se dirigió hacia el mostrador.

–Buenas tardes –dijo el recepcionista, un tipo extremadamente grueso y, por qué no decirlo, exageradamente feo–. ¿Una habitación? ¿Viene solo?

Se echó hacia adelante, para comprobar si alguien de un tamaño inferior al mostrador se encontraba allí. Cutfield soltó un bufido de desagrado.

–Luego vendrá una amiga –dijo–. Es ella la que me ha recomendado este sitio.

El recepcionista sonrió con malicia.

–Tengo libre la 207. –El tipo gordo miró a los cajetines con llaves que tenía a su derecha–. Serán diez dólares.

«¿Diez pavos por un cuchitril en Chinatown?»

–Mi amiga quería alojarse en la 303.

La sonrisa se borró de sus labios, y la desconfianza cubrió su rostro. Al cabo de unos segundos, pareció relajarse. Cogió la llave de la 303 y la dejó sobre el mostrador.

–Diez dólares. Por adelantado.

Definitivamente, él también tendría que cobrar sus honorarios por adelantado. Sacó el dinero y lo puso junto a la llave. No esperó a que terminara de contarlo para tomarla y comenzar a subir las escaleras, de un aspecto mucho más destartalado que el resto del motel. Por el momento.

Llegó a la tercera y última planta, y enseguida encontró la puerta de la habitación. Por el camino se cruzó con un hombre de pelo canoso y buena planta, acompañado de una adolescente –una niña, más bien–, que caminaba con la cabeza agachada. En cualquier otra situación, ese hombre habría acabado en el suelo con la nariz rota; ahora no podía permitirse llamar la atención. Además, no era asunto suyo.

Ignoraba cómo serían el resto de cuartos; la habitación 303, desde luego, valía hasta el último centavo de su precio. La cama era amplia y tenía aspecto de recién comprada, las paredes estaban limpias, sin una sola mancha, y contaba con una enorme y elaborada alfombra, que presidía el cuarto. Un lugar elegante y discreto, para gente con mucho más dinero que escrúpulos.

El alcalde Hylan no era un adefesio, eso era cierto, aunque Cutfield dudó que sin haber sido el alcalde electo de Nueva York tuviese la más mínima oportunidad con la joven Christine Stonewell, y a saber con cuántas más. No creyó que él fuese el responsable del asesinato, si bien eso no le eximía del resto de pecados que había cometido en aquella estancia.

Un registro a fondo reveló que no era oro todo lo que relucía. La cama tenía diversas manchas, casi imperceptibles, aunque no se trataba precisamente de sangre. Detrás de un cuadro, un desconchón hacía pensar en una pelea ocurrida allí en algún momento. El premio gordo estaba debajo de la alfombra.

Era un milagro que no lo hubiesen visto al limpiar la habitación. Bajo la alfombra, casi en el borde, se encontraba un pequeño pedazo de bisutería. No tenía un valor real, claro, pero sí testimonial: pertenecía a uno de los pendientes de Christine.

Resultaba algo curioso que necesitara apuntar hasta el último detalle de lo que le contaban y, sin embargo, las imágenes que veía se guardaban en su cerebro como fotografías. Y, en una de ellas, se encontraba el cuerpo retorcido de Christine, llevando dos pendientes. En uno de ellos faltaba un pequeño cristal que sí estaba en el otro. Un detalle que no había considerado de importancia, pensando que se encontraría junto al cuerpo, o que se habría roto en cualquier momento.

El momento había sido la noche anterior. El lugar, el cuarto donde se acostó con el alcalde Hylan.

Se lo guardó. El hallazgo no implicaba que atacaran a la chica, por el momento. Siguió investigando durante media hora más antes de darse por vencido y abandonar la habitación.

Cuando llegó a la primera planta, se detuvo. Era allí donde vio al viejo y a la niña, y ahora escuchaba un débil lloro proveniente de una de las habitaciones, al fondo. Tal vez no; puedo que se lo estuviese imaginando. Dudó unos instantes y, finalmente, caminó hacia el origen del sonido.

La habitación 105 estaba cerrada, claro. El silencio había vuelto a adueñarse de la planta, y Cutfield puso la oreja junto a la puerta, intentando escuchar algo más.

–¡He dicho que estés quieta!

Al grito le siguió una bofetada, sin duda. Dio un paso hacia atrás y se abalanzó sobre la débil puerta, que casi se salió de los goznes. En el interior, el viejo soltó el cinturón que tenía en la mano y se quedó mirando al intruso.

Llevaba puesto unos calzones largos y una camiseta blanca de tirantes. La fantasía de anciano respetable que Cutfield había percibido hacía menos de una hora había dado paso a una clara impresión de viejo verde. A esto ayudaba, evidentemente, la visión de la niña semidesnuda que estaba sentada en la cama, frente a él. El detective no la miró más que de reojo, aunque pudo percatarse del miedo que emanaba de ella.

–¿Quién demonios es usted? ¿Qué cree que está haciendo?

No se molestó en contestar. Dio unas cuantas zancadas hasta situarse a su lado, le propinó un fuerte puñetazo en el estómago y, con un empujón, el viejo terminó en el suelo. No iba a detenerse ahí.

Le pareció que la niña salía corriendo de allí aunque, absorto como estaba pateando al vejestorio, no podría jurarlo. Se detuvo un rato después de que el hombre dejase de moverse. Ajustó su corbata y salió de la habitación antes de que el ruido alertara a otros clientes. Por desgracias, el recepcionista ya había escuchado la trifulca, y se encontraba subiendo por las escaleras.

–¿Se puede saber qué ocurre? –preguntó, corriendo hacia la 105–. No sé a qué sitios suele ir usted, pero...

Dejó de hablar cuando echó un vistazo al interior. El viejo, puede que sin vida, se encontraba tirado sobre un enorme charco carmesí. La niña no estaba a la vista –quizá fue ella quien avisara al orondo recepcionista–, y lo cierto es que eso produjo un sentimiento de satisfacción, de trabajo bien hecho, en Cutfield.

–Voy a llamar a la policía –dijo el otro, amenazante. Cutfield no se inmutó.

–Seguro que sí, eso hará. O puede que no, teniendo en cuenta la clientela que acepta.

El gordo volvió a mirar dentro, luego a Cutfield y, por último, hacia las escaleras. No dijo nada más.

–La 303 –dijo Cutfield–. La chica que estuvo allí anoche. ¿Qué sabe de ella?

–Oiga, yo no sé nada sobre nada de esto, ¿de acuerdo? Solo alquilo habitaciones, no soy responsable de lo que pase en ellas.

Sin pensárselo dos veces, el detective lanzó su puño contra la cara del recepcionista. Cayó al suelo, levantando la mano izquierda sobre su cara, y casi suplicando por su vida.

–¡No me jodas, cabrón! ¡Si no quieres acabar como ese *hijoputa* de ahí, será mejor que sueltes todo lo que sepas!

–Necesitaba el dinero –comenzó a decir, sin levantarse–. Yo no sé si las han hecho daño.

«¿Las?»

–¿Cuántas veces, cabrón? ¿Cuántas veces has dejado que suceda?

Empezó a mirar sus dedos, que parecían salchichas, como si intentara contar con ellos. La respuesta no iba a ser del agrado del detective, o eso supuso el recepcionista, porque tardó en darla.

–Nueve –respondió con un hilo de voz–. Lo siento.

Cutfield le dio una patada en la cabeza, que le dejó inconsciente. Nueve chicas. Nueve muertes. Sacó su revólver y apuntó a la cabeza del caído. Sería tan fácil volarle la tapa de los sesos y dejar el lugar... Pero Landers sabía que estaba allí, y el cerdo haría cualquier cosa por desviar la atención de la prensa. Coño, no quería ser el chivo expiatorio. Además, el gordo le podía resultar útil vivo; ya tendría tiempo de enviarle al infierno.

No sabía en qué momento se le había caído el sombrero. Puede que durante la paliza al viejo pederasta, o tal vez en su charla con el gordo. Qué más daba. Lo recogió y se lo puso antes de caminar hacia las escaleras para, eventualmente, dejar aquel antro.

LA RUBIA

Había tenido la oportunidad de examinar dos de los cadáveres, aparte del de Christine. Las marcas del pecho eran casi idénticas, aunque presentaban unas diferencias que merecían tenerse en cuenta. Constaban de dos círculos concéntricos, con un cuadrado inscrito en el interior, y un triángulo circunscribiendo el exterior. Dentro del cuadrado se encontraban más cortes, distintos en cada caso, y que formaban algo que por ahora no había sido capaz de descubrir.

En cualquier caso, era poco probable que lo descubriese en aquel momento, en ese bar donde se hallaba apurando su segundo vaso de Bourbon. La respuesta tampoco iba a estar en la rubia exuberante que miraba en su dirección, en la otra punta de la barra. Una puta, sin duda, aunque eso no le importaba. Pagó las dos copas que llevaba y se acercó hasta ella.

–¿Buscas algo, guapa? –preguntó Cutfield, apoyándose en la barra. La rubia sonrió, mostrando unos dientes blancos, relucientes.

–¿No lo hacemos todos? –fue la respuesta–. Estoy esperando a una amiga.

El detective se planteó si sería cierto, o solo se estaba haciendo la interesante. Pidió otro *whisky* sin dejar de observarla, intentando averiguar sus pensamientos.

–He tenido un día de mierda –dijo él, sosteniendo el vaso con la mano derecha, como si quisiera brindar– y, aun así, no me puedo quejar. Otros han tenido un día peor.

Pensó primero en la desgraciada Christine, y luego en el viejo cabrón vicioso de la 105. Sonrió y dio un trago que dejó el vaso por la mitad. Lo cierto es que tenía más ganas de seguir bebiendo que de acostarse con el bombón rubio. Por el momento.

Dejó el vaso en la barra y miró con atención a la fémina. Llevaba un vestido de un color que se confundía entre el azul y el verde, y que probablemente costaría más de lo que ganaba él resolviendo un caso, que no era poco. Si era una puta, era de lujo. Por suerte, llevaba bastante dinero encima; había recuperado sus diez pavos, y se cobró unos intereses por las molestias.

La rubia, que ya había terminado su bebida, dio un trago del vaso de Cutfield.

–Bourbon, ¿verdad?

–Es lo único que bebo –admitió.

Le dio el vaso, que el detective apuró de un golpe. Era tarde, y no parecía que fuese a conseguir nada con la rubia. Tocaba irse a casa, descansar y pasar el día siguiente vigilando el motel. Estaba convencido de que quienes pagaran al seboso, antes o después regresarían a por más jóvenes. Y también quería investigar sobre las marcas, esas marcas iguales, pero distintas. Quería hacer alguna averiguación más esa noche, pero se sentía muy cansado. Demasiado cansado.

–Conozco un sito más tranquilo donde podrás relajarte –soltó de repente la rubia–. ¿Vamos?

Le puso una mano sobre la pierna. El día había sido jodido, pero la noche se planteaba mucho mejor. Entonces, ¿por qué sentía esa sensación de intranquilidad? Ese último *whisky* le había sentado un poco mal, tenía que admitirlo. Tuvo que agarrarse a la chica para no caer, mientras salían del bar.

Ocurrió en un momento fugaz. Cutfield tropezó y cayó al suelo, y en el proceso casi tiró también a la rubia. Uno de los tirantes del vestido se deslizó, mostrando un pecho perfecto... y una cosa más: un collar con un colgante grabado. Duró un segundo, quizá menos. Suficiente para que el detective lo viera.

Dos círculos concéntricos. Un cuadrado. Un triángulo.

Le habían drogado, de alguna forma. Y ahora le llevaban al puto matadero. De poco le servía saberlo, ya que era incapaz de hacer que su cuerpo reaccionara.

DROGAS Y ASOCIACIONES

Por mucho que abría los ojos, no era capaz de vislumbrar más que sombras y niebla. La nebulosa luz que le rodeaba indicaba con claridad que era de día –o bien que había llegado al cielo, cosa poco probable–, y se preguntó si habrían pasado unas horas o varios días desde su encuentro con la diablesa rubia.

–Está despertando.

Una voz de hombre. No, más bien de chico. El sonido, de alguna manera, hizo que la visión se aclarase un poco, siendo Cutfield capaz de vislumbrar a quien acababa de hablar. En efecto, se trataba de un chaval de no más de veinte, que llevaba una pequeña gorra sobre el desordenado pelo castaño. Le dio la impresión de que llevaba puesto un mono de trabajo, aunque era incapaz de centrar la vista.

–Jodidos hijos de puta... –dijo, en un murmullo. Escuchó una risa que no hizo otra cosa que irritarle más. Poco podía hacer, sin embargo, atado como estaba a la silla.

–Señor Cutfield –dijo otra voz, una voz femenina que reconoció–, lamento haber tenido que usar este medio para traerle hasta aquí.

El tono denotaba sinceridad, aunque eso a Cutfield le importaba bien poco. Puede que la zorra lo lamentara, pero ni la décima parte de lo que lo iba a lamentar.

–Pues suéltame, guapa. Nos damos unos besos, y en paz.

Casi había recuperado por completo la vista. Estaba en un cuarto bien iluminado; por la apariencia, una cabaña. ¿Dónde le habían traído? La joven, que había cambiado su vestido azul por una ropa mucho más masculina, se había situado delante del chico.

–Estás investigando los asesinatos. Te necesitamos –dijo la rubia, ignorando su petición y dirigiéndose a él con la misma familiaridad que la noche anterior–. Las chicas que están muriendo son de nuestra asociación.

–¿Asociación? ¿De qué coño va esto?

–Las torturan y las matan. Nos avisan de que no se detendrán, Cutfield.

La mente también se le estaba aclarando. Quizá fue por eso que surgió la chispa; algo en lo que no había reparado cuando conoció a la rubia y que, sin embargo, ahora resultaba evidente.

–Christine es... era tu hermana.

Lo afirmó. No necesitaba que la chica asintiera, aunque lo hizo.

–Mi hermana pequeña. Nos llevábamos un año, y apenas hacía seis meses desde que entró en la asociación.

Sabía que no iba a obtener información, por el momento, de esa asociación. Decidió seguirles la corriente, aun sin estar convencido de los argumentos que escuchaba.

–Dices que me necesitáis. ¿Por qué ahora? ¿Por qué no habéis acudido a la pasma?

–Una de las nuestras escuchó tu conversación de anoche con Roger. Me avisó de inmediato.

Evidentemente, Roger era el nombre de aquel fulano gordo y feo que llevaba la recepción del motel. Siguió escuchando.

–Sospechábamos que algo ocurría allí, pero no fuimos capaces de averiguar nada. Las chicas abandonaban el local solas, y no era hasta horas después que ocurrían los asesinatos.

–¿Para qué querría nadie contactar con ellas, dejarlas irse y luego matarlas? –preguntó Cutfield, de nuevo para sí mismo–. No tiene sentido.

–Eso no lo sé –respondió ella. Al detective le pareció notar un cambio en su tono de voz; estaba ocultando algo, o quizá mintiendo descaradamente–. Pero si descubres quiénes se encontraron con ellas, hallarás a sus asesinos.

Estaba jugando con él, podía notarlo. Y odiaba que jugaran con él. Además, no le habían dicho nada que no supiera, o que en realidad le importase una mierda.

–Mira, guapa: o me cuentas algo nuevo, o esta conversación habrá sido una absoluta pérdida de tiempo para ti, para mí, y para toda tu jodida asociación.

Pareció pensárselo muy bien antes de responder.

–Es probable que alguien esté chantajeando al alcalde Hylan. Empieza por ahí.

La rubia hizo un gesto y, de improviso, un fuerte brazo le sujetó desde atrás y puso un pañuelo húmedo sobre su nariz. La oscuridad fue casi inmediata.

REFLEXIÓN NOCTURNA

Cuando despertó de nuevo, su primer pensamiento fue que no se había llegado a enterar del nombre de la hermana de Christine. Ya se lo preguntaría la próxima vez, porque Cutfield estaba convencido de que volvería a encontrarse con aquella rubia fatal.

Estaba en su casa, tumbado en su propia cama. Era de noche, y el detective pensó que ya averiguaría al día siguiente si, como creía, habían transcurrido tan solo horas desde su fugaz secuestro. Ahora, lo que necesitaba era tomar algo sólido; no había comido nada desde antes de ponerse con esos *whiskies* en el tugurio donde conoció a la chica del vestido azul, y su estómago parecía querer salir de su cuerpo y buscar sustento por su cuenta. Se puso en pie y se dirigió hacia la cocina.

Preparó un insólito bocadillo con algunos restos que le quedaban y se sentó a comerlo en la pequeña mesa auxiliar, sin poder evitar ponerse a pensar en sus próximos movimientos. ¿Hylan, chantajeado? Debía pasar a hacerle una visita a Landers y descubrir de qué iba eso. No sería fácil, claro; el gilipollas de Landers no le contaría nada a la primera. No sin apretarle un poco las tuercas.

Luego había otro asunto que le inquietaba: la falsa afirmación de la rubia acerca de no saber la razón por la que el asesino no mataba a las chicas en el motel, cuando se encontraba con ellas. No cuadraba en absoluto, no había lógica alguna en aquello. ¿Por qué le estaban ocultando información? ¿A qué se dedicaría esa jodida asociación? La hermana de Christine estaba por el momento fuera de su alcance, pero al día siguiente haría una nueva visita a Roger, el gordo del motel, y no sería tan sutil como la última vez.

Aún con el bocadillo a medio comer, fue al salón y cogió las carpetas en las que se encontraba la información sobre las primeras ocho víctimas. Las había revisado antes incluso de ir al escenario del noveno asesinato, y no había sacado nada en claro de esos papeles. Sin embargo, ahora contaba con algo que no tenía al principio: sabía qué relación había entre cada una de las chicas muertas. Si es que podía fiarse de lo que la rubia le había relatado, lo que tampoco tenía muy claro.

Algunas de las jóvenes habían nacido en la ciudad, otras no. Todas acababan de cruzar la fina línea que separa la adolescencia de la madurez –o casi– y eran muy hermosas, o al menos lo habían sido antes de sufrir las vejaciones y torturas que finalizaron con sus muertes. Y todas, las nueve, habían recibido una visita en el motel de Roger.

Tal vez por el efecto de las drogas que habían usado para dormirle, la cabeza empezó a palpitarle con fuerza, y un intenso dolor empezó a adueñarse de él. Sin guardar de nuevo las carpetas se fue a su cuarto, y no tardó en quedarse dormido tras tumbarse.

EL CHANTAJE

–¿Dónde estuviste ayer? –preguntó Landers en voz baja, aunque en un tono que disgustó bastante al detective–. Te recuerdo que vas a llevarte una buena propina si resuelves este caso sin involucrar a Hylan, así que espero de ti una disponibilidad total.

Algunos clientes de la pequeña cafetería se giraron hacia ellos con curiosidad. Cutfield esperó a que dejasen de mirar hacia ellos antes de decirle nada al ayudante del alcalde.

–Tu Hylan y tú os podéis ir a tomar por el culo, Landers. –Apoyó las palmas de la mano en la mesa, levantándose ligeramente del asiento–. Si quieres disponibilidad total, contrata a una puta.

Se sentó de nuevo, sin dejar de observarle.

–He conseguido nueva información. Buena información –dijo, al fin–. Antes de continuar, tengo que saber algo.

–Dispara, Cutfield.

«Eso quisiera, cabrón. Meterte una bala entre ceja y ceja.»

–¿Quién está chantajeando a Hylan?

Landers no se esperaba aquello. Sus ojos se movieron nerviosos, oteando alrededor como si una mosca estuviese volando sobre la mesa. Cutfield evitó sonreír, a pesar de que resultaba difícil no hacerlo ante la actitud del otro hombre.

–¿Cómo sabes t.ú... ? Bueno, da lo mismo. No sabemos quiénes son, Cutfield, ni qué quieren.

Colocó un cigarrillo en su boca y sacó una cerilla. Puede que Landers no supiera quién era el chantajista, pero seguro que sí sabía lo que quería del alcalde. Ya se esperaba que ese cabrón le mintiera.

–Vamos a hacer que todo sea sencillo: si me cuentas lo que sabes, yo no iré a la prensa a hablar de Hylan y Christine.

Encendió el cigarrillo, esperando una respuesta por parte de Landers muy distinta a la que recibió.

–¿Ahora vienes con eso? Esto es más serio que un lío de faldas, ¿de acuerdo? Así que dedícate a hacer el trabajo por el que te pago, y déjame a mí los asuntos del alcalde.

Ni siquiera había pasado por su cabeza que el chantaje no fuese, precisamente, por el lío de faldas. Hylan estaba siendo amenazado con otra cosa. Aun así, la información había venido de la rubia, y eso indicaba un vínculo entre Christine, las nueve muertes, y el chantaje al puto alcalde de Nueva York.

Landers se puso en pie con brusquedad, haciendo que su taza de café se tambaleara y derramase un poco del contenido sobre la mesa, y dispuesto a abandonar la cafetería de inmediato. El detective tuvo que agarrarle con fuerza del brazo para evitarlo.

–¡Quieto ahí, Landers! Según mis fuentes, los que están chantajeando al alcalde son los mismos que mataron a Christine Stonewell. ¡Dame un hilo del que tirar, joder!

El hombre se tranquilizó un poco y, sin sentarse, respondió a Cutfield.

–Le están pidiendo dinero –confesó–. Mucho dinero. Han dado de plazo hasta esta noche para que se lo entreguemos; de otra forma, le irán con el cuento a la prensa. Un tema serio, Cutfield, que acabaría con la carrera política de Hylan, e incluso podría llevarle a la cárcel.

Eran más detalles de los que el detective pensaba que podría obtener, y no quiso seguir indagando sobre eso. A él no le importaba qué demonios habría hecho Hylan. Le daba igual que se tratara de chanchullos políticos, de asuntos de droga, o de cualquier otra mierda así; lo interesante es que iba a pagarles, e iba a hacerlo esa misma noche.

–Lo llevarás tú, ¿no? Para eso eres su perrito faldero.

–¡Que te follen, Cutfield! Pero sí, seré yo quien lleve el dinero. –Se llevó la mano izquierda a la mejilla, pellizcándosela un poco. Antes de que Cutfield hiciera la petición, dijo–: ¿Por qué demonios debería dejarte venir conmigo?

–Sabes cómo funcionan los chantajes –afirmó–. Si consiguen lo que quieren, pedirán más.

Quedaron en verse a las seis, en esa misma cafetería. La entrega se iba a realizar, por supuesto, en Chinatown. Cutfield tenía tiempo suficiente durante el resto del día para presionar a Roger y conseguir más datos.

Eso pensaba.

Una rata pelirroja

Tardó en descubrir lo que había ocurrido; tuvo que recorrer varios locales hasta encontrar a alguien dispuesto a desvelarle lo acaecido durante el día anterior en el lujoso motel.

–Policía, policía –el tendero gesticulaba como si eso fuese a mejorar su pronunciación o el pobre manejo que tenía del idioma–. Coche policía, hombre muerto. ¡Pum, pum!

Cutfield se rascó la cabeza. No tenía ni idea de si el orondo Roger había sido disparado por la policía, si lo habían encontrado acribillado, o si habría muerto cayendo por las putas escaleras. En cualquier caso, lo que era seguro es que se podía ir olvidando de sonsacarle algo a aquella bola de sebo.

Dio la espalda al tendero chino sin agradecerle su escasa ayuda y decidió, ya que estaba en la zona, ir a ver a algunos viejos confidentes suyos. Seguramente, muchos estarían ya muertos, o habrían desaparecido de la circulación, pero tampoco tenía ninguna idea mejor con la que pasar el tiempo hasta la hora de su cita con Landers. Recorrió las calles del barrio con parsimonia, sin prisas. En un par de ocasiones creyó ver a uno de sus informadores, equivocándose ambas veces. Cuando estaba a punto de entrar en un bar y tomar algo de comer, Alec apareció delante de él.

–¡Eh, pelirrojo! –gritó nada más verlo. Alec se dio la vuelta, arrepintiéndose de inmediato.

–Vaya, detective Cutfield –dijo el irlandés forzando una sonrisa–, cuánto tiempo.

–Iba a tomar algo. Acompáñame, tengo que preguntarte sobre unas cosas.

Alec sabía que negarse no sería bueno para su salud; conocía a Cutfield lo suficiente como para saber que no dudaría en atizarle en mitad de la calle si no obedecía la orden, camuflada como un ofrecimiento. Asintió y entró junto al detective en un pequeño bar medio vacío.

Se sentaron en una mesa, y la conversación se demoró hasta que llegó la ensalada de Cutfield.

–¿Sigues teniendo contactos en Chinatown, pelirrojo? –preguntó, mientras masticaba la ensalada.

–Ya no muchos, jefe. Me he reformado.

–¡Y una mierda te has reformado! Espero que al menos hayas subido la media de edad de las chicas. ¿O es que ahora prefieres otra cosa? –dijo socarrón, guiñando un ojo.

–Si me dice lo que quiere, le diré si puedo enterarme. –Alec no tenía ninguna gana de seguir conversando con él–. Tengo cosas que hacer.

La contundencia de esa frase no le gustó nada al detective. Escupió al suelo un trozo de ensalada y soltó los cubiertos, mientras enfrentaba la mirada del irlandés.

–Mira, medio mierda, será mejor que no te me pongas chulito. Estoy deseando reventar un par de cabezas, y no creo que quieras ser el primero.

Cutfield se lo pensó mejor, y siguió hablando más calmado.

–¿Qué sabes del motel Diamond?

–Sé que ayer se cargaron al tío de la recepción. Roger, creo que se llamaba.

–¿Quién fue? –preguntó Cutfield, interesado en descubrir al causante. Alec se encogió de hombros.

–Lo mataron ayer por la tarde, de un navajazo. Ni idea de quién fue, ni de por qué.

La policía no solía matar a navajazos, así que quedaban dos opciones lógicas: o habían sido los asesinos para evitar que hablara, o la rubia y su puñetera asociación para vengarse de su participación en las muertes. Una pista echada a perder. Vaya mierda.

–¿Y las chicas? –siguió preguntando–. ¿Sabes algo de una asociación?

–¿Asociación? –Alec puso cara de no comprender sobre qué hablaba, y parecía sincero–. ¿Qué tipo de asociación?

«Ni puta idea.»

–El callejón Cortlandt, a la altura de Walker. Estaré allí sobre las ocho menos cuarto, no te retrases.

Le había costado decidir si contar o no con la ayuda del irlandés en su inminente periplo nocturno. No tenía muchas más opciones, la verdad. Landers llevaría el dinero y luego se iría; él sería el encargado de seguir al correo, pero la experiencia le decía que siempre era mejor tener apoyo. Los extorsionadores no solían ser estúpidos, y en este caso eran, además, extremadamente peligrosos. Si alguien debía morir, mejor que fuera esa rata pedófila pelirroja.

EL PAGO

Eran las seis y veinte, y Landers aún no había hecho acto de presencia. Cutfield llegó a pensar que el *hijoputa* se la había jugado hasta que, casi a y media, abrió la puerta de la cafetería.

–¿Chupándosela al alcalde, Landers? ¿Sabes qué hora es? –dijo, cuando el otro se sentó a su lado.

–¡He llegado lo más rápido que he podido! –exclamó, mezclando un tono de disculpa con otro más desagradable–. ¿Qué tienes pensado hacer?

–Robarte ese maletín, meterte un tiro, y jubilarme –respondió el detective con una seriedad que asustó al ayudante del alcalde–. No me jodas, Landers; hasta que no sepa cómo actúan ellos, no sabré cómo actuar yo. Estaré vigilando la transacción, no te preocupes.

Aunque no parecía que las palabras de Cutfield le tranquilizaran, hizo ademán de levantarse. Cutfield le detuvo, mientras continuaba hablando.

–Lo más importante es que mantengas la calma. Esa gente no ha dudado en torturar y matar a nueve chicas, y no les costaría hacerte lo mismo a ti.

La verdad es que Cutfield tampoco tendría muchos reparos en torturar y matar al lameculos de Landers, pero ese era otro tema.

–No lo estropees, Cutfield. Me estoy jugando el trabajo.

–Tranquilo, no quiero que Hylan tenga que buscarse otra alcahueta –respondió con sorna. Solamente lo había dicho por molestar a Landers, pero una idea apareció en su mente–. Eh, Landers, ¿fuiste tú quien le presentó a Christine?

–Céntrate en esto, ¿quieres? Queda poco más de una hora para la cita, y tenemos que recorrer unas cuantas calles.

Se zafó del detective y salió con rapidez, seguido de cerca por Cutfield. No había podido sacarle información al gordo; ahora se le estaba abriendo otra puerta, y antes o después la cruzaría.

Caminaron juntos, sin hablar, hasta que su destino quedaba a menos de diez minutos. No era conveniente continuar haciéndolo, pues no sería de extrañar que hubiese alguien vigilando la zona. El detective se despidió con pocas palabras de Landers, y torció hacia la izquierda. Debía acelerar el paso para llegar a la hora que le había dicho al irlandés.

Alec se encontraba apoyado contra la pared, fumando una especie de purito. Parecía nervioso, lo que no era de extrañar teniendo en cuenta con quién se había citado.

–¿Algo extraño, pelirrojo? –Fue el saludo de Cutfield. El otro respondió negando con la cabeza antes de explicarse.

–Sería más fácil si supiera por qué estoy aquí –dijo, resignado–, y si esto tiene algo que ver con el Diamond.

A tenor de la forzada naturalidad con que el irlandés habló, Cutfield estuvo seguro de que tenía que haber averiguado algo nuevo, desde su anterior encuentro. Algo que le asustaba. Se planteó de nuevo que haber contado con él como asistente en aquello no había sido buena idea.

–¿Qué coño has escuchado? –Le agarró con fuerza por la solapa del raído abrigo que llevaba. El irlandés dejó caer su cigarro y puso las manos frente a Cutfield, sin atreverse a tocarlo.

–¡Nada, te lo juro! –dijo–. ¡Solamente era curiosidad!

Le miró fijamente, intentando vislumbrar si estaba mintiéndole o no. Al cabo de unos segundos, lo soltó.

–Ya sabes lo que dicen de la curiosidad, gatito irlandés. Cierra la boca y abre bien los ojos.

Dio un par de fuertes palmadas en la espalda de Alec y empezó a andar, camino al cercano lugar donde Landers se encontraría con el extorsionador. Pasaron un par de calles, bajando por Cortlandt, y en un momento dado Cutfield levantó su mano derecha.

–Ni el más mínimo ruido, pelirrojo. –A pesar de decirlo en voz baja, el matiz amenazante de sus palabras quedaba patente. Landers ya estaba allí, con el maletín agarrado como si se tratara de su amante, y mirando con desconfianza en todas direcciones. La oscuridad que le rodeaba, sin embargo, hacía imposible descubrir si alguien más estaba cerca. De hecho, tan solo Landers estaba en una zona iluminada.

Un silbido. Alguien silbó desde una de las bocacalles. El ayudante del alcalde se volvió, oteando en la oscuridad sin ser capaz de descubrir quién lo había emitido. No se movió hasta que sonó por segunda vez.

–Valiente gilipollas –murmuró Cutfield–. Tendrías que haber dejado que ellos se acercasen a ti.

Evitando la luz, el detective y Alec caminaron despacio en pos de Landers. Cuando dejaron de escuchar sus pisadas, también se detuvieron. Junto a Landers, reconocible por el maletín, había otra forma. Era un hombre menudo, de voz aflautada. Para poder entender sus palabras, no tenían más remedio que acercarse un poco más a ellos.

–¿Cómo sé que después de pagaros no usaréis la información? –le preguntaba Landers tímidamente al otro individuo mientras iba alejando el maletín de sí mismo.

–No tenemos nada contra él, ni nos interesa en absoluto el dinero que se ha embolsado con sus negocios ilegales. Si está toda la pasta, y este asunto no deja rastro en ninguna parte, no volverás a oír hablar de nosotros.

Estaban a la suficiente distancia como para no errar el disparo, si decidía realizarlo. No, lo mejor era seguirlo hasta su guarida y acabar con todos los hijos de puta que estuviesen metidos en el ajo. En un par de minutos, ese tipo tendría el maletín en su poder y regresaría a casa convencido de haber tenido éxito. Luego, moriría junto al resto.

Todo se fue a la mierda cuando el irlandés dio un paso hacia atrás. Un trozo de cristal, o de metal –resultaba difícil saber de qué se trataba, y tampoco importaba mucho– salió despedido contra la pared, rompiendo con su sonido el silencio reinante en la calle. El hombrecillo de voz aflautada sacó algo de la chaqueta y acto seguido se escuchó una fuerte detonación.

–¡Joder! –Cutfield dobló la esquina, cubriéndose de los disparos que pudiesen ir en su dirección, mientras sacaba su arma. La transacción se había ido a la mierda en un instante, y ahora solo quedaba una opción: capturar a aquel tipo y sacarle toda la información que tuviese, de una forma u otra. Tomó una bocanada de aire antes de ponerse también a disparar.

Vació el cargador sin estar seguro de hacia dónde irían los proyectiles, aunque intentando que solamente alcanzaran sus piernas. Si moría, volvería a estar como al principio. Recargó el arma mientras escudriñaba la oscuridad, buscando signos de movimientos; esperaba no haber acertado a Landers, más por las preguntas que quería hacerle que porque realmente le preocupase que muriera en aquel callejón. Cuando sintió una mano en su espalda, le faltó poco para asestar un puñetazo al inesperado intruso.

–Lo siento; con la oscuridad, yo... –La voz de Alec era temblorosa.

–¡Cállate! –El detective le dio un empujón. Un movimiento entre las sombras le alertó– ¡Arriba las manos, *hijoputa*, o te vuelo las pelotas!

–¡Soy yo! –gritó Landers–. ¿Qué cojones ha pasado, Cutfield? ¡Sabía que esto no iba a salir bien!

A la mierda. Debía acercarse a comprobar si el otro hombre seguía con vida o no. Eso si no había escapado, claro. Caminó despacio hacia Landers, preparado para disparar ante cualquier movimiento brusco que ocurriera a su alrededor. A un par de pasos, se percató del resultado de esa debacle.

–¿Estás bien? –preguntó el detective, sin mucha gana. El hombrecillo estaba tirado en el suelo, con el brazo izquierdo bajo el cuerpo, en una posición cuanto menos incómoda. O sería incómoda si hubiera seguido vivo. Dio un par de fuertes patadas en los riñones al caído, para comprobar que no fingiese.

El capullo estaba fiambre.

–¡Una mierda voy a estar bien, cabrón! ¿Te das cuenta de lo que has hecho?

Sin pensárselo dos veces, Cutfield le arreó un golpe con la culata de su revólver que rompió la nariz del ayudante del alcalde, e hizo que su culo acabase en el frío suelo del callejón. Se sentía muy molesto con todo ese asunto. Molesto con el irlandés, con Landers, con el alcalde de Nueva York, con el gordo y muerto recepcionista del Diamond, y con la puta rubia que le había drogado dos veces. Pero, sobre todo, estaba molesto consigo mismo por no poder vengar a una chica a la que no llegó a conocer con vida: Christine, de Battle Creek.

–Creo que sé quién era ese tío, Cutfield.

El pelirrojo no lo sabía, pero aquella frase acababa de salvarle la vida.

–Jimmy Colibrí –siguió diciendo–. Así le llaman en la calle, al menos.

Tras aquello guardó silencio, tal vez esperando la reacción del detective. Esta no se hizo esperar.

–Pelirrojo –dijo Cutfield, apuntándole directamente a la cabeza–, espero que eso no sea todo lo que tengas para mí, después de la que has liado. De verdad que lo espero. Las manchas de sesos salen muy mal.

–Tiene... tenía –rectificó– un almacén en la 130 oeste, si no me equivoco. Sé que estaba metido en asuntos turbios, pero te juro que no había oído que tuviese alguna relación con esos asesinatos, ni con chantajes.

El jodido irlandés había escuchado la conversación entre Landers y el pajarito. Seguramente a Landers no le haría gracia que el chivato pelirrojo estuviese al tanto de que su jefe estaba siendo chantajeado. Una buena razón para dejarlo con vida, pensó.

–¿La 130 oeste? Eso está en Harlem, ¿no? –preguntó Cutfield y, sin esperar respuesta, continuó–. Tú y yo vamos a echar un vistazo a ese almacén. Landers, coge tu puto maletín y vuelve bajo las faltas del alcalde. Dile que no se preocupe por nada.

–¿Qué no se preocupe? –Landers, que llevaba un buen rato callado, no pudo evitar hacerlo en ese instante–. Joder, Cutfield, esos tipos sabrán que te enviamos nosotros. Si llegan a juicio...

–No llegarán –sentenció el detective–. Han torturado y matado a nueve chicas, y te aseguro que no tendrán la oportunidad de negociar con la información de que dispongan.

Pudo notar como Landers sonreía, a pesar de ser incapaz de ver poco más que su silueta.

Ya comenzaba a verse luz a través de algunas de las ventanas cercanas, y voces ahogadas hablando sobre el tiroteo en que habían estado involucrados. Era cuestión de minutos que se escucharan las sirenas de la policía, y encontrarse con la pasma no era deseable para ninguno de los tres. Landers por una dirección, y Alec y él por otra, dejaron el sombrío callejón y al cadáver que se encontraba en él.

UN ALMACÉN EN HARLEM

«Demasiado ruidosos», pensó Cutfield cuando se encontraban a varios metros de almacén. Pudo distinguir por lo menos tres voces distintas, quizá más.

–¿De dónde demonios has sacado eso, pelirrojo?

El irlandés llevaba en la mano una pequeña pistola negra. Demasiado lujosa para una rata de alcantarilla como él, sin duda. Además, al detective no le hacía ni pizca de gracia verle armado. Y, sin embargo, él solo no tenía ninguna oportunidad de entrar allí y abatir a aquella pandilla.

–Da igual. Gira por ahí y colócate en la entrada trasera. Cuando escuches la señal, entra arrasando con todo, ¿estamos?

–¿Cuál será la señal? –preguntó. Cutfield amartilló el revólver y escupió el cigarrillo casi consumido que llevaba entre los dientes.

–El sonido de las puertas del Infierno abriéndose –respondió.

Le dio un par de minutos para que ocupase su posición antes de dirigirse ante el enorme portón metálico que debía de servir como entrada para vehículos. Tomó aire y se preparó para el enfrentamiento.

Toc, toc-toc-toc.

Las voces del interior callaron al escuchar el sonido que produjeron los nudillos del detective al chocar contra el portón. Cutfield esperaba que su primera reacción no fuese disparar, pues la débil chapa sería una protección más bien escasa ante las balas. Un sonido de pasos indicó que uno de ellos se disponía a abrir una pequeña puerta lateral. Pensaban que era el Colibrí.

–¿Todo bien, Jimmy? –dijo el tipo que abrió, un mestizo con una cicatriz que le cruzaba media cara. Cutfield le apuntó con una mano, haciendo con la otra primero una clara indicación de silencio, y después otra para que se acercara hasta él. El mestizo obedeció sin rechistar, igual que lo hizo ante la orden de darse la vuelta.

–¿Cuántos sois ahí dentro?

–Cuatro. Cuatro, señor. Oiga, no sé qué…

Cutfield le tapó la boca con la mano izquierda, mientras hacía descender su revólver con fuerza contra la oreja derecha del mestizo. Definitivamente, tendría que tirar esa gabardina; tanta sangre nunca iba a salir.

–Mira, *hijoputa*, sé quiénes sois y lo que les habéis hecho a esas chicas, ¿de acuerdo?

El otro asintió despacio, con la boca aún tapada. ¡Sería cabrón! ¡Ni siquiera había intentado negarlo!

–Ahora vamos a ir para dentro, y mejor que no hagas ningún movimiento brusco si no quieres que te vuele la tapa de los sesos.

El mestizo, con Cutfield sujetándolo por detrás y con el arma en alto, cruzaron la pequeña puerta. En el interior, tal como esperaba, se encontraban los otros tres miembros de aquella abominable panda de asesinos, torturadores y chantajistas. Él no era muy religioso, y poco le importaba si iban a ir al Cielo o al Infierno.

Lo que sí le importaba es que comenzaran cuanto antes su camino.

Un tipo rubio y corpulento, que era quien se encontraba más cerca de la puerta, fue el primero en recibir una bala. Aunque el proyectil atravesó su pecho, durante unos instantes Cutfield pensó que iba a mantenerse en pie. No lo hizo durante mucho tiempo, claro.

–¡Hijo de la gran chingada! –gritó otro mestizo, que por los rasgos pudiera tratarse de un familiar del que le estaba sirviendo de escudo humano. O no. Todos esos mestizos le parecían absurdamente iguales. El mestizo *chingón* sacó una escopeta de no se sabe dónde, y disparó hacia Cutfield. Incluso con el cuerpo de su rehén en medio, el detective sintió una fuerte presión en el pecho que le hizo caer al suelo, soltando a su ya fallecida presa. Si el irlandés iba a entrar, era ahora o nunca.

Los dos cabrones que aún quedaban dentro se volvieron hacia la puerta trasera, cuando esta se abrió bruscamente debido a una patada de Alec. El mestizo de la escopeta recibió la primera andanada de disparos. Estaba muerto antes de tocar el suelo.

Ya solo faltaba uno.

–¡No te lo cargues, pelirrojo! –gritó Cutfield, poniéndose en pie. El último de ellos, un individuo alto y delgado que llevaba una media melena rubia y barba de varios días, se encontraba con las manos en alto. Como si eso le fuera a salvar. El detective se acercó despacio a él, sin dejar de apuntarle.

–Por favor... –suplicó el rubito. Cutfield sonrió.

–¿Queda alguien más, pipiolo? –Amartilló el arma y colocó el cañón frente a sus ojos. El otro movió la cabeza con fuerza, en un gesto de negación.

–No, señor. Nadie más. Por favor, no me mate.

–¿Ellas también suplicaban, chaval? ¿Lo hacían mientras les rompíais los brazos? ¡Sois basura!

El rubio bajó un poco los brazos, lo que hizo que el detective estuviese a punto de apretar el gatillo. Rápidamente, volvió a subirlos.

–¡Nosotros no las hemos hecho daño! ¡Solo las drogábamos y les sacábamos la información sobre esos tíos ricos!

¿Qué pretendía ese *hijoputa*? Cuando estaba a punto de hacer una nueva pregunta, una detonación sonó detrás de él, y la cabeza del rubito se decoró con un nuevo agujero, del que comenzó a manar sangre como si se tratara de una puñetera fuente. Justo en ese momento, tal vez por la sorpresa, puede que por el retumbar en sus oídos, o quizá por azar, se acordó de la frase que el irlandés había pronunciado en el callejón de Chinatown.

«... te juro que no había oído que tuviese alguna relación con esos asesinatos, ni con chantajes.»

Hijo de puta. ¿Esos asesinatos? En aquel momento pensó que hablaba de Roger, pero se refería a las chicas. Y él nunca le había comentado a Alec que hubiese alguna relación entre esos crímenes y el caso en el que estaba metido.

Por desgracia, la revelación llegaba un poco tarde.

–No, no –dijo desafiante el irlandés, a su espalda–. Ni se te ocurra darte la vuelta.

Estaba bien jodido. ¿Cómo se le había ocurrido confiar en esa escoria?

–¿Cuánto te han pagado, basura? –preguntó el detective.

–Mucho, jefe, aunque la verdad es que lo habría hecho gratis. Ni te imaginas las ganas que tenía de estar en esta situación.

–Seguro que echarme el aliento en el cogote forma parte de tus sueños más húmedos, hijo de puta.

Sintió un fuerte golpe en la espalda, bajo el cuello, y no pudo evitar caer de rodillas contra el duro suelo del almacén. El irlandés se estaba cabreando mucho, y eso le llevaría a cometer un error. Era su única esperanza.

–¡Cállate! Mírate ahora, gran detective. En el suelo, engañado y humillado por alguien a quien considerabas un don nadie. ¿Quién es ahora el que manda?

–Déjame que piense, pelirrojo. ¿Tal vez una rubia? Porque, desde luego, tú no podrás nunca dejar de ser un esbirro.

–¡Te crees que lo sabes todo, Cutfield, y no sabes una puta mierda! ¡He sido yo quien te ha traído hasta aquí, y seré yo quien acabe con tu miserable existencia!

Estaba cerca, muy cerca. El detective levantó la cabeza con fuerza, golpeando la nariz del irlandés y desorientándole el tiempo suficiente como para que pudiese agarrarlo y hacerle soltar la pistola que llevaba. Sin armas de fuego, la superioridad física de Cutfield se hizo evidente en segundos; Alec levantó las manos en señal de rendición, aunque él no estaba dispuesto a parar de darle golpes.

Antes de que la inconsciencia lo alcanzase, Cutfield se detuvo y colocó su pie derecho sobre el cuello del irlandés.

–Eres un mierda, pelirrojo, y siempre lo serás. –Escupió sobre él y, sin levantar el pie que lo aprisionaba, comenzó a encenderse un cigarrillo–. ¿Dónde está?

–No lo sé, Cutfield. ¡Joder, no lo sé!

Apretó más fuerte, a la vez que tiraba la cerilla que acababa de usar. Dio una honda calada y echó el humo sobre el irlandés. Ese cabrón no estaba en condiciones de hacer muchos movimientos, así que el detective se alejó un momento de él y volvió con algo en la mano.

–Podemos hacerlo por las malas, o por las muy malas –dijo. Acto seguido, levantó la barra de hierro que llevaba y la descargó con fuerza sobre el brazo del caído, que aulló de dolor–. ¿Quieres que pase a las "muy malas"?

–Una casa –dijo al fin el irlandés–. Quedé en verla en una pequeña casa en las afueras, por Jersey.

Necesitó un par de golpes más hasta que obtuvo la dirección exacta. La verdad, no esperaba que el enclenque de Alec resistiera tanto antes de largar todo lo que sabía, que por otra parte no era demasiado. Lo justo para encontrarse de nuevo con la rubia.

–Muy bien, pelirrojo, pues creo que eso será todo –dijo el detective cuando se percató de que no le sacaría nada más útil–. Di adiós, mierdecilla.

–Que te follen, Cutf…

De un único golpe, Cutfield clavó la barra de hierro en el cráneo del irlandés, haciendo que dejase su frase a medias. Si hubiese sido un poco aprensivo, hubiese notado cierta incomodidad observando la boca y los ojos abiertos de cadáver, y cómo un líquido mitad rojo, mitad gris, salía del lugar en el que tenía incrustada la barra. Por suerte, no lo era.

Una casa en Jersey

Mientras caminaba por la Avenida Duncan, con el parque Lincoln a su izquierda, Cutfield pensaba en lo que iba a encontrar cuando llegase a la casa. En el peor de los casos, la rubia estaría junto con toda su asociación. En el mejor, no contaría con más compañía que la del chico de la gorra y el mono de trabajo. Todo dependía de si pensaba pagar al irlandés con oro o con plomo.

Su corazón bombeaba con fuerza al llegar junto a la casa. ¿Nervios? No, en realidad. Más bien se debía al monumental cabreo que tenía; le habían estado usando como si fuese un títere, y ahora llegaba el momento de arrancarse los hilos y estrangular con ellos al titiritero. O titiritera, en este caso.

Se veía luz en el interior, pero el detective no fue capaz de escuchar ni un murmullo. No iba a resultar tan sencillo como lo del almacén, eso estaba claro. Ahora se enfrentaba a gente bien preparada. A gente sin escrúpulos, que no habían dudado en marcarle como objetivo una vez hubiese cumplido con su tarea.

Cutfield había tenido tiempo de pensar y aclarar sus ideas. Aunque no le quedaba ninguna duda de lo que había ocurrido, eso no suponía que no pudiese estar equivocado de nuevo. Sacó, una vez más, su revólver y se preparó para el baile final.

Un baile que empezó antes de lo esperado.

Incluso a esas horas en las que el sol aún no se atrevía a hacer su aparición por el horizonte, no fue capaz de escuchar el disparo. Un silenciador, sin duda, y uno bueno. Pero sí que lo notó, perforando su hombro izquierdo. Había sido un estúpido por no darse cuenta de que la casa estaría vigilada, y esa estupidez casi le cuesta la vida. A pesar del fuerte dolor que sentía no soltó su arma, y consiguió esconderse entre unos matorrales cercanos. Un refugio que no detendría las balas, y que de poco hubiera servido de haber luz diurna. En la oscuridad de la noche, sin embargo, resultó un escondite ideal.

Escuchó el impacto de proyectiles cercanos, dos o tres. Luego, el silencio regresó. Un silencio que mostraba una falsa seguridad que no duraría mucho; los ocupantes de la casa, incapaces de matarle a distancia, no tardarían en salir a buscarle. Defenderse no sería tarea fácil, pues si disparaba contra alguno de ellos, el ruido atraería al resto hasta su posición. Guardó el revólver y sacó una pequeña navaja.

Aquello iba a ser desagradable.

El hombro parecía arder por dentro, pero Cutfield intentó abstraerse de eso y centrarse en su prioridad: sobrevivir durante los siguientes minutos. Avanzó, oculto entre las sombras, hasta una casa cercana.

–¿Seguro que es por aquí? –preguntó una voz masculina. Otro hombre le respondió afirmativamente. Se estaban acercando mucho a él, y con su pequeña navaja no podría acabar con ambos lo bastante rápido. Todo parecía perdido cuando se escuchó un ruido a lo lejos. El primer hombre se dirigió hacia allí, indicando a su compinche que continuara por la zona. Bien.

El detective se acercó con todo el sigilo que pudo al tipo que ahora se había quedado a solas, situándose a su espalda. No sin esfuerzo, usó la mano izquierda para taparle la boca, mientras hundía la navaja en el cuello del matón. Lo hizo dos veces, clavando la hoja todo lo que pudo. Una vez muerto, lo mejor sería coger su arma, que dispondría de silenciador.

–¡Eh! –El que se había alejado había sido capaz de percatarse de que algo ocurría. Levantó su arma en dirección a Cutfield, que no tenía tiempo de coger la pistola del otro. Instintivamente, arrojó la navaja hacia el que estaba a punto de convertirse en su ejecutor.

No pudo ver cómo el filo atravesaba la córnea del esbirro, quedándose el objeto clavado en su ojo, pero sí que observó su caída. Un golpe sordo que, sin duda, alertaría al resto. Tomó la pistola del suelo, y se puso a esperar la aparición del resto de la pandilla. Con poco *glamour*, pero mucha eficiencia, uno por uno fueron eliminados con certeros disparos del detective.

Nada lo separaba ya de su objetivo final.

LA VERDAD

El brusco y húmedo despertar no fue muy agradable. El chico de la gorra y el mono de trabajo aún sostenía el cubo metálico en la mano, mientras le observaba divertido. A su lado, con un elegante vestido negro, se encontraba la hermana de Christine. Ella no parecía tan satisfecha de cómo habían ido sucediendo los eventos. Cutfield se alegró de ello, aunque su situación tampoco era para echarse unas risas.

Recordaba haber entrado en la casa a través del gran ventanal delantero. Una idea no demasiado buena, que no solamente le dejo cubierto de heridas cortantes, sino que supuso recibir un fuerte golpe en la cabeza por parte, probablemente, del engorrado chico. Un error de principiante que tenía toda la pinta de ser su última equivocación. Por lo poco que podía ver, atado como estaba a una silla, no se encontraba en la planta baja de la vivienda; debía de haber sido trasladado al sótano. Lo increíble es que siguiera con vida.

–Te preguntarás por qué sigues vivo, ¿no? –La rubia se acercó a él, con algo en la mano que Cutfield no pudo ver bien–. Nunca fue nuestra intención matarte, te lo aseguro. Alec tenía órdenes de asegurarse de que cumplieras con tu cometido, eso es todo.

–¡Y una mierda, rubia! –respondió el detective, echándose hacia adelante. El movimiento supuso una dolorosa respuesta por parte de su hombro.

–Sabemos muchas cosas –siguió diciendo ella, sin hacer mucho caso a las palabras de Cutfield–. Gracias a ti descubrimos dónde sacaban la información a las chicas, y no nos llevó mucho sacarle a Roger los nombres de esos cinco. Luego tuvimos que matarlo, claro; no quedaba otra opción. Cuando te pusiste en contacto con Alec, le hicimos una oferta que... ¿cómo lo podría decir? Una oferta que sabíamos no iba a rechazar.

»Podíamos habernos encargado de esos cuatro, aunque si eras tú quien lo hacía, nuestra asociación estaría alejada de las sospechas. Más aún, el caso se cerraría y nadie seguiría investigando lo que no debía. Tú habrías conseguido tu recompensa, y nosotras la tranquilidad.

–Yo también sé unas cuantas cosas, rubia –dijo Cutfield, intentando no alterarse–. Por ejemplo, sé que tu asociación de mierda se dedica a conseguir datos de ricachones y de hombres poderosos. Imagino que no será por dinero, pero lo cierto es que me importa una mierda para qué queráis utilizar la información. Y, un día, esos tipos del almacén descubrieron vuestro juego. Puede que por casualidad, o que una de las chicas se lo contara. ¡Qué sé yo!

»Con la ayuda del gordo recepcionista del Diamond, conseguían entrar en los cuartos cuando las chicas estaban solas. Las drogaban y obtenían la información sobre el tipo. De alguna forma, luego no recordaban la conversación, y por eso nunca descubristeis que todo ocurría en el motel. Pero sí que supisteis que esa información había salido de las chicas, y teníais que dar un ejemplo, ¿no es verdad? El resto de chicas debía saber lo que las ocurriría si contaban esos secretos. Las torturasteis, las matasteis, y dejasteis un aviso; una marca que solo vosotras conocíais, con un símbolo en el medio que, sin duda, identifica al que realizó el *trabajito*. Una inicial. En el caso de tu hermana, una "A".

–Amanda –admitió la rubia–. Ese es mi nombre, Amanda Stonewell. Fui yo quien... realizó esa misión. Como hermana suya y líder de la asociación, me correspondía a mí cargar con su muerte.

–¡Murió por algo que no fue culpa suya! –gritó Cutfield–. Todas murieron sin tener culpa. Nueve chicas inocentes.

–¿Inocentes? ¡No lo eran, Cutfield! ¡Nadie es inocente! No quería tener que hacerlo, pero me temo que sabes demasiadas cosas para seguir respirando. Íbamos a hacerte una oferta; Ya no la aceptarías, y nosotros tampoco podemos fiarnos de que guardes silencio.

La rubia Amanda levantó la mano, mostrando lo que sostenía. Era una jeringa con una larga aguja. El detective supo que, de recibir el pinchazo, jamás volvería a despertar. Tomó todo el aire que pudo, apretó los dientes, y se lanzó todo lo que pudo hacia adelante. El impulso hizo que la silla casi cayera hacia adelante, hecho que hizo reaccionar a la rubia asesina de la forma que había pensado: recibió un duro golpe en la cara, y tanto él como la silla casi salieron volando hacia atrás. El golpe contra el suelo hizo que la silla se rompiera lo suficiente como para que Cutfield liberase el brazo derecho.

Todo ocurrió en fracciones de segundo. El chaval de la gorra, con su cubito en la mano, se abalanzó hacia él con intención de golpearle. Le habían quitado el revólver y la navaja, pero no llegaron a descubrir la pequeña pistola negra, regalo de cierto irlandés, que llevaba en la pierna. Un par de disparos en el estómago acabaron con el ímpetu del chico.

–Ni lo pienses, Amanda –dijo, apuntando a la rubia mientras ella se disponía a salir corriendo de allí.

–¿Ahora qué, Cutfield? ¿Vas a matarme también a mí?

El detective se lo pensó un momento. Luego, vació el cargador contra la rubia.

EPÍLOGO (EL PURO DE LA VICTORIA)

–Después me fui a casa. Necesitaba descansar, y por Dios que lo hice: hasta media tarde no volví a abrir los ojos. ¿Sabes la claridad que da un sueño reparador? Mientras fumaba un cigarrillo e iba preparándome algo de comida, le di un par de vueltas más a todo el asunto.

»Si esa asociación no chantajeaba a sus víctimas, pensé, seguramente era porque alguien más pagaba por la información. Por toda la información que pudiera ser obtenida sobre el tipo en cuestión. Pero, ¿qué relación habría entre todos los chantajeados? Eso no lo sabía, lo admito, aunque se me ocurrió que era poco probable que todos fueran políticos. Y eso me llevó a pensar que cada víctima era un encargo de un cliente distinto. Gente que contrataba a esas chicas, y que luego usarían los datos para sus propios fines.

»Admito que hasta el tercer cigarrillo no empecé a darme cuenta de una cosa. Mi papel en todo esto parecía muy forzado. Me sentía como un *Deus ex machina*, puesto en escena de una forma demasiado rebuscada como para tratarse de una coincidencia. Esto me chirriaba, si sabes lo que quiero decir, pero fue otra cosa lo que me inspiró. La muerte de Christine.

»Christine murió justo unas horas después de haber dado la información que serviría para chantajear al alcalde, y no entendía cómo la asociación pudo enterarse tan rápido de aquello... a no ser que tuvieran a alguien cerca, muy cerca del alcalde. Como te digo, todas estas cosas por separado no me habrían dicho mucho; juntándolas, el asunto está bastante claro. ¿No crees, Landers?

Landers le miraba con los ojos muy abiertos, aunque era imposible que respondiera, amordazado como estaba. Tampoco podía –aunque seguro que hubiese deseado hacerlo– dejar el pequeño y oscuro sótano, pues las cuerdas que lo ataban se lo impedían. Cutfield encendió una cerilla contra la pared, y la usó para encenderse un gran puro. No solía fumar puros, pero la ocasión requería de una cierta solemnidad.

–Continuaré, si no te importa –dijo el detective, soltando una bocanada de denso humo–. Cuando se me ocurrió que tú habías contratado a la asociación para obtener información sobre tu jefe, todo empezó a cuadrar. ¡Incluso me hiciste pensar que no querías hablar sobre el chantaje, cuando tu intención era que te siguiera y eliminara a toda la pandilla esa! ¡Eres un cabrón mucho más listo de lo que creía!

Se acercó a él y le dio un puñetazo en el estomago con la mano izquierda. El hombro todavía le molestaba, aunque la bala que había recibido acabo no siendo más que un arañazo. Landers parecía querer decir algo. Como si a Cutfield le importara lo más mínimo.

–Con sinceridad, me da igual que quisieras chantajear a Hylan, y me la suda que contrataras a esas putas. Pero odio que me tomen el pelo, Landers, y eso no te lo voy a perdonar.

El ayudante del alcalde intentaba hablar, suplicar, gritar… Era imposible.

–Siempre me fumo un puro cuando resuelvo un caso, ¿lo sabías? Lo malo es que este aún no está finalizado. Y soy un hombre de costumbres.

Había conseguido más munición para la pistola de Alec, un arma que nunca relacionarían con él, en la casa de Amanda. Ahora, la sostenía frente al aterrado rostro de Landers, que movía la cabeza con desesperación. Puso el dedo en el gatillo y pronunció las tres últimas palabras que el ayudante del alcalde escucharía:

–Caso cerrado, Landers.

Índice de capítulos

Agradecimientos

Es difícil decir solamente un nombre, o una docena; en realidad, ha sido gracias al apoyo y ayuda de muchísima gente que he logrado escribir tantas y tantas historias (algunas, hasta buenas). No pueden faltar los nombres de Ana Añó, Alexander Copperwhite y Javier Fernández, tres grandes escritores sin los que, seguramente, no habría llegado hasta aquí.

Por supuesto, los ánimos que he recibido por parte de los lectores de mis novelas y relatos, como Tina, Loly, Ricardo, Helga, Pepa, Dámaris, David, Aurora, Paco y decenas más, han sido el combustible que ha mantenido en marcha toda la maquinaria. Abrazos para ellas y besos para ellos (¿o es al revés? ¡Da igual!).

No me quiero olvidar de dar también las gracias a Rafael Estrada, escritor e ilustrador que ha tenido a bien realizar la maravillosa portada que sirve como presentación de la novela. Muchísimas gracias, Rafa.

Y tú. Sí, tú. Aquí, leyendo los agradecimientos después de aguantar mi narración, que espero hayas disfrutado. Es por ti y para ti que existe este libro. No lo dudes.

Printed in Great Britain
by Amazon.co.uk, Ltd.,
Marston Gate.